I0613985

Croy L Cranbrook
1890? to A.

H.

Vol.ᵉ 153. d'Estampes

Contenant des Portraits

impr. en 1649 et 1661.

par **Meyssens**.

TABLE

LIEFHEBBER DES GEESTS

HET GVLDEN CABINET
VANDE EDEL VRY SCHILDER CONST
INHOVDENDE
DEN LOF VANDE VERMARSTE
SCHILDERS,
ARCHITECTE, BELDTHOWERS
ENDE PLAETSNYDERS
VAN DESE EEVW
DOOR
CORN: DE BIE NOT:
TOT
LIER
1661

PRESENTIA FORTITVDO

t'Antwerpen gedruckt by Ian Meyssens Consttvercooper op de Eyermert inden goude Rex dalder

Abrah. a Diepenbeck delin.

Cornelis Meyssens sculpsit.

IMAGE
DE DIVERS
HOMMES D'ESPRIT
SUBLIME
ET PAR LEUR ART ET SCIENCE
DOIVENT VIVRE ETERNELLEMENT
ET DES QUELS
LA LOVANGE ET RENOMMEE
FAICT ESTONNER
LE MONDE

A ANVERS
MIS EN LUMIERE PAR
IEAN MEYSSENS PEINCTRE
ET VENDEUR DE DART AU CAMMESTRAET
L'AN. M·DC·XLIX

A MONSEIGNEUR
MICHEL LE BLON
AGENT POUR LA REYNE ET COURONNE
DE SUEDE CHEZ SA MAIESTE DE LA GRANDE
BRETAIGNE

MONSEIGNEUR

Ce seroit vous faire tort si ie ne confessois ouvertement à tout le monde que vous
estes le source de ce mien petit œuvre, luy ayant pleu par sa bienvueillance me
suggerer de temps en temps les matieres dont iy ay sçeu faire mon fondement.
Je l'offre donc Monseigneur pour n'estre ingrat, a ce luij, qui par zele
de l'art, droict, et inclination pour son serviteur, i'espere daignera le prendre
soubz sa protection et sauvegarde. Je considere bien que c'est une chose
bien vile pour personage si releve d'esprit et de condition: mais estant asseuré
que la bonte vous est toute naturelle dont vous accompaignez toutes vos actions,
ie me suis enhardy a vous l'offrir tres-humblement, suppliant Vostre Seig.rie
le prendre de bonne part et me continuer vos faveurs a fin que ie continue
a chercher les moyens, pour vous continuer mes tres-humbles debvoirs.
quelques autres pourtraicts de vostre benigne main me serviroyent d'esperon
a poursuivere ce qui nest que commencé et pour esgaler l'œuvre au desirs
que i'ay de vous le rendre plus parfaict. il ne me reste Monseigneur
que l'honneur de vos commandements que ie garderay durant mon seiour
en ces lieux terrestres au sein de mon obeissance, sur ce ie prie dieu vouloir
benir par sa grace la persone de Vostre Seig.rie de qui ie demeureray
eternellement et de devotion, et d'obligation.

    Monseigneur

                      Vostre plus humble et obeissant
                      serviteur

d'Anvers le 12. d'Avril l'an 1649.   IEAN MEYSSENS.

3

rbis Roma caput bellorum turbine quondam   Ast ubi multiplicis sese dedit Artis
Obruta cur fremuit Martis amica fuit :   Celsa Triumphatrix se super

CORNELIVS DE BIE.

Neé dans la ville de Lyere lan 1627. le x. de fevrier, Notaire, Procureur et
Greffier de l'Audience Militair dans laditte ville, Aucteur de ce liure.

E. Quellinus pinxit.   I. Meyssens excudit

PETRUS PAULUS RUBENS

Tres renommées, mais encor plus noble per les raree dons de les quelles il etoit pourveu car de
lui pour qu toutes arte liberaux ont emploïéee toutes leur scienses pour amasser dans lui le plus haut de leur
pouvoir, c'et le la painture aïant faict un compact avec la fame (pour promulger ses louanges per tout l'
univers)n'a point manquee en son intention, mais l'Eloquence accompaignee de la Dignite, et Richesse,
la tellement adornee, que le Roij d'Espaigne, le Roij de France, et le Roij d'Angleterre, en temoinage
de ses merites, lui ont faict l'honeur de leur ordree de Chevalerie. Anvers est la uille de ceste heureuse na-
buite, le 28. de luin 1577. aufi du deplorable iour de son trespas, l'an 1640, le 30 de maij

ANTHOINE VAN DYCK CHEVALLIER DU ROY DANGLETERRE

*Est ne a Anvers lan 1599. le 22. du mois de mars, a este le vray Phœnix de nostre siecle,
on voit par tout de ses merveilles soit en pourtraicts ou en tableaux, dont il a monstré
son esprit divin, c'est dommage que la mort nous a ravij d'un tel miracle de la nature
en un si bas age, il mourut a Londres l'an 1641.*

Ant. van Dyck pinxit.   Paul. Pontius sculpsit.   Ie. Meijssens excudit.

ADRIANVS DE BIE

Paintre bien estimé en grandes figures et aultres ordonnances,
Père de l'Auctheur de ce liure, qu'il at demeuré long temps
en Italie etc: né dans la ville de Lijere en l'an 1594.

Petrus Meert pinxit·   Lucas VorStermans iunior sculpsit·

SIMON BOSBOOM

Natif d'Emden en l'an 1614 fut bon Architect et tailleur de pierre
il at esté employé au service du tresillustre Prince Electeur de Brandenburch

Niclaes de Helt Stocade pinxit. Petrus de Iode sculp. Jean Meyssens excudit

DANIEL SEGERS FRERE IESUITE

Un de premiers painctres de nostre temps, en fleurs natureles: il a faict son aprentisage chez
Iean Breugel. l'on trouve de ses chefs d'œuvres, dans les courts des grandes seigneurs. l'Empereur d'Allemaigne, et l'Archiducq Leopolde Guillelme ont beaucoup de ses pieces. S. A. le Prince
d'Oraigne Henri Fredericq luy a faict deux presents pour deux pieces de sa main, une dioiges,
ine et une crois d'or, massif, toutes deux de grande valeur. il teint maintenant sa residence en

I. Livius pinxit . Anvers dansla maison de proffesse des Peres Iesuites . I. Meyssens excudit

IOANNES VAN KESSEL

Né dans la Ville d'Anvers en l'an 1626. paintre tres-renommé en fleurs,
petites animaux etc. lesquelles font fort estimez pour leur Curieusite.

E. Quellinus pinxit.   Alex Voet iunior sculpsit.

DEODATE DEL MONT

Noble-domestiq, du Duc de Nieuborg, son peintre et architecte generale, pour quelques
annees, par l'aduoy des Seremiss.^{mes} Archiducs Alberte et Isabelle, des quelles il fut
entretenu sa vie durante, mourut en Anvers l'an 1643.

Deodati del Mont pinxit.

L. Vorsterman sculp.

12.

ii

GEORGIVS VAN SON

Peintre Excellent en Fruicts, Fleurs &c. qu'il demeure à Anuers ou fut rié en l'an 1622.

E. Quellinus pinxit.

Coenraerd. Lauwers sculpset

13

12

PETRVS VERBRVGGHEN.

Sculpteur d'images tres-renomè demeurant en Anuers ville de sa naisance

E. Quelhnus pinxit.

Coenr. Lauwers sculps.

IEAN MEYSSENS,
Peinctre natif de Bruxelles l'an 1612. le 17. de May, tient a present sa residence en la ville d'Anvers, ou pardessus l'exercice du pinceau particulier en pourtraits, il fait profession de vendre des printes, en la cognoissance desquelles il est singulierentversé.

Ian. Meyssens pinxit   Cornelis Meyssens fecit

IEAN PHILIPPE VAN THIELEN

Seigneur de Couwenberch, etc. il est né à Malines, l'an 1618. a esté disciple
du tres-fameux peintre F. Daniel Zegers de la Compagnie de Iesus, aupres lequel
il est deuenu peintre tres estimé en fleur, dont ses tablaux en rendet les tesmoinages.

Erasmus Quellinus pinxit   Richard Collin sculpsit

16

IOANNES VANDEN HECKE

Paintre tres-renommez en grandes et petites figures, fleurs, fruicts, animaux
aultres ordonnances bien Estimez pour leur rarité, quil a demeuré plusieurs ans en
Italie et, a esté paintre de Ducq: de Bracciaen etc: demeurant en Anvers.

I. vanden Hecke pinxit.

Corn: Woumans sculp:

AERTVS QVELLINVS IVNIOR

Natiff de S.ᵗ Trude en païs de Liege Architecᵗᵉ et tailleur de Piere, Bois etᶜ
tres-bien estimé et renõmé pour son gran esprit Demeurant et Anvers.

J. de Duÿts pinxit.   Conr. Lauwers sculpsit.

18

17

PETRVS VAN BREDAEL. Né dans la ville d'Anvers en l'an 1630. Peintre fort
ssant et rare. il at demeure quelque temps en Espaigne, et aultres provinces.

Sibe delineavit. Coen Lanviers sculpsit

PETRVS NAYERS

Naquit en Anvers l'an 1597. & vescut peu de temps . . . . plus grand et plus fortes corps
meme . . . . avenantes . . . qu'il fut l'aisné . . . . suivant . . . . en Isabelle . . . . Demeurant de 36 . . .
Altesse le Prince Cardinal Infante d'Espagne & leur plus autres Princes &c. demeurant a Bruxelles.

D. van Heil pinxit .   Corn. Couskerchen fecit

LVCAS FAYDHERBE

Statuaire, et Architect tres-renommé pour son grand esprit, il at esté disciple du
Noble paintre Pier Paul Rubens, demeurant à Malines Ville de sa Naissance

G. Coques pinxit.

Ptt. de Iode sculpst

DAVID TENIERS SENIOR.

Nasquit a Anvers l'an 1582. ou ayant appris l'art de peinture soubs P.P. Rubens, et Adam Elsh' etc. devint Maistre tres excelent et renommé en toutes sortes de grandes, et petites figures, et paÿsages. et mourut l'an 1649.

P. v. Mol pinxit

P. v. Leÿsebett Sculp.

21

LVCAS FRANÇHOYS

Peintre tres expert et renommé en grandes ordonnances, et pourtraicts, née a Malines.

Lucas Françheys pinxit. Cæsar. Waumans Sculp.

45

22

DAVID TENIERS

Un tres excellent peintre en petites figures et paisages, il a faict des remarquables
pieces tant pour le Roy d'Espaigne que pour autres Roys, de mesme pour l'Archiduc Leopolde Guillaume, l'Evesque de Gand, et le Prince d'Orange Guillame et
plusieurs autres Princes, Seigneurs, et Amateurs de l'art ont beaucoup de ses œuvres,
il est né d'Anvers l'an 1610. ayant eu son pere pour maistre.

Dav. Teniers pinxit   Pet. de l'Ode sculpsit   Io. Meyssens excudit.

24

GONZALO COQVES.

Né en Anuers, lan 1618. at apriz son Art Ceez le Vieur Dauid Rÿckaert son beau
Pere, ou il a tellement auancé son estude que le Roÿ d'Angleterre l'at Emploÿe pour
auoir de ses pieces. le duc de Brandenborg sen delectoit fort et le prince Dorange en
faisoit grand Cas; ses ordonances sont excellentes, et ses pourtraicts en petit, admirables.

gonzalo Coques pinxit.   paulus pontius sculpsit   Ioannes meyssens excudit

24

DANIEL VAN HEIL

est né de Brusselles l'an 1604, est bon peinctre en paisages, travaille bien au vif, de mesme les maisons et villes bruslantes, ce qui se peult cognoistre par beaucoup de tableaux quil a faict.

Iean Bapt. van Heil pinxit.   Fredric Bottats sculpsit.   Iean Meyssens excudit

THOMAS WILLEBORTS BOSSAERT

Peinctre tresrenommé, travaill admirablement bien en grandes figures, estimé pour pouvoir faire un pourtraict exactement bien, son Altesse le Prince d'Orange Henry Frederic luj a faict faire beaucoup de pieces, comme aussi son filz le Prince Guillaume, aussi pour d'autres Monarques, son maistre estoit Gerard Segers, est ne de Bergue sur le Zoom lan 1613, et demeur a present a Anvers.

Tho. willeborts pinxit.   Cochr. Woumans sculpsit.   Io. Meyssens excudit

IACOBUS MATHAM.

Beau fils de Henri Goltz. fut ne a Hærlem l'an 1571. le 15 d'Octob.
mourut 1631. le 20. Ianuier.

Ant vander Does sculp.   *P. Soutman pinx.*   *I. Meyssens excud.*

28

27

NICOLAS DE HELT STOCADE

Prit sa naissance a Nieumegen en l'an 1614 il a demeure quelque temps a Rome
et a Venise et de la il est venu prendre sa residence en France ou il a faict
des si belles œuvres qu'il at esté estime digne d'estre receu Peintre de Sa
Maieste Tres-christiene

Nicolas de Helt Stocade pinxit.　　　Petr. de Iode sculpsit.　　　Io. Meyssens excudit.

29

ROBERTVS VAN HOECK,

Controleur des fortifications pour le service de sa Maj.te en Flandre, etc. peître extreordinaire en petites figures, tres-bien estimez des amateurs et grands Seig.rs pour leur rareté né dans la ville d'Anvers.

G. Coques pinxit.   C. Caukerchen sculp.

GERARD SEGERS

Tres expert peinctre en grand il a faict beaucoup de belles pieces principalement en
devotion, a long temps demeure en Italie comme aussi en Espaigne dont le Roy lui a hon-
nore du tiltre de serviteur de la maison roïale, tient sa demeure a present en Anvers
ville de sa naissance faisant illec de belles œuvres.

Ger. Segers pinxit.   Pet. de Iode sculpsit.   Ie. Meyssens excudit.

IACQVE VRANCQVART.

Atenus sa residence a Bruxelles et en son temps fut Architecte
du Serenissime Archiduc Albert d'Austrice et Ingenieur ordinaire
de Bruxelles pour le seruice de sa Majesté.

Iosn. Meyssens ex

32

31

DAVIT BECK

Peintre, et Valet, de Chambre de la Sereniſſime Reyne de Sweede, enuoié de Sa Ma: pour peindre les perſonnes Illuſtres de la Chreſtienté. natif de Delft en Hollande.

Dauit Beck pinxit.   Ant. Cotget ſculpſit.   Ioan. Meyſſens excu.

ÆGIDIVS SADELER

Un de premiers engraveurs de toute le monde, il est né en Auvers l'an 1590, il a apris son art chez ses oncles Ian, et Raphaël Sadeler, mais il les a surmonté tous, ainsi qu'il fut reputé digne d'estre fait engraveur de trois empereurs d'Allemagne de suite, à sçavoir Rudolphe, Matthias, et Ferdinande le deuxiesme de cette nom, eust l'art de la graveure a tribue quelque faveur au des autres et l'a relevee cettuy si par dessus toutes les autres, le trouvant capable non seulement à la plus haute grandesse du burin, mais a la plus grande subtilite et delicatesse aus ordonances, et pourtraitte les quelles il a si bien faict qu'il est impossible de les asseguer avec son entendement: les quelles il a le plus souvent peint et desseignees au naturel devant les engraver, il demeuroit a Prage en Boheme ou il mourut l'an 1629.

Ægidius Sadeler pinxit.   Pet. de Iode sculpsit.   Io. Meyssens excudit.

RAPHAEL SADELER

Excellent engraveur natif de Brusselles en Brabant, lan 1555. il a esté premierement damasquineur en fer, et, aprez, il s'at addonné aussi a la gravure suivant l'exemple de son frer Iean, en la quelle il a si bien profité quil est parvenu a la plus haute degré de la delicatesse, come on peut voire en ses œuvres, principalement les saincts de Baviere et quelque livres de Heremits qu'il a faict avec son frer Iean, avec qui il est venu de meurer a Munichen en Baviere, et de la a Venise oy, il mourut. il at été pour quelqs temps peintre

Coenr. Waumans sculp.   Io. Meissens excudit.

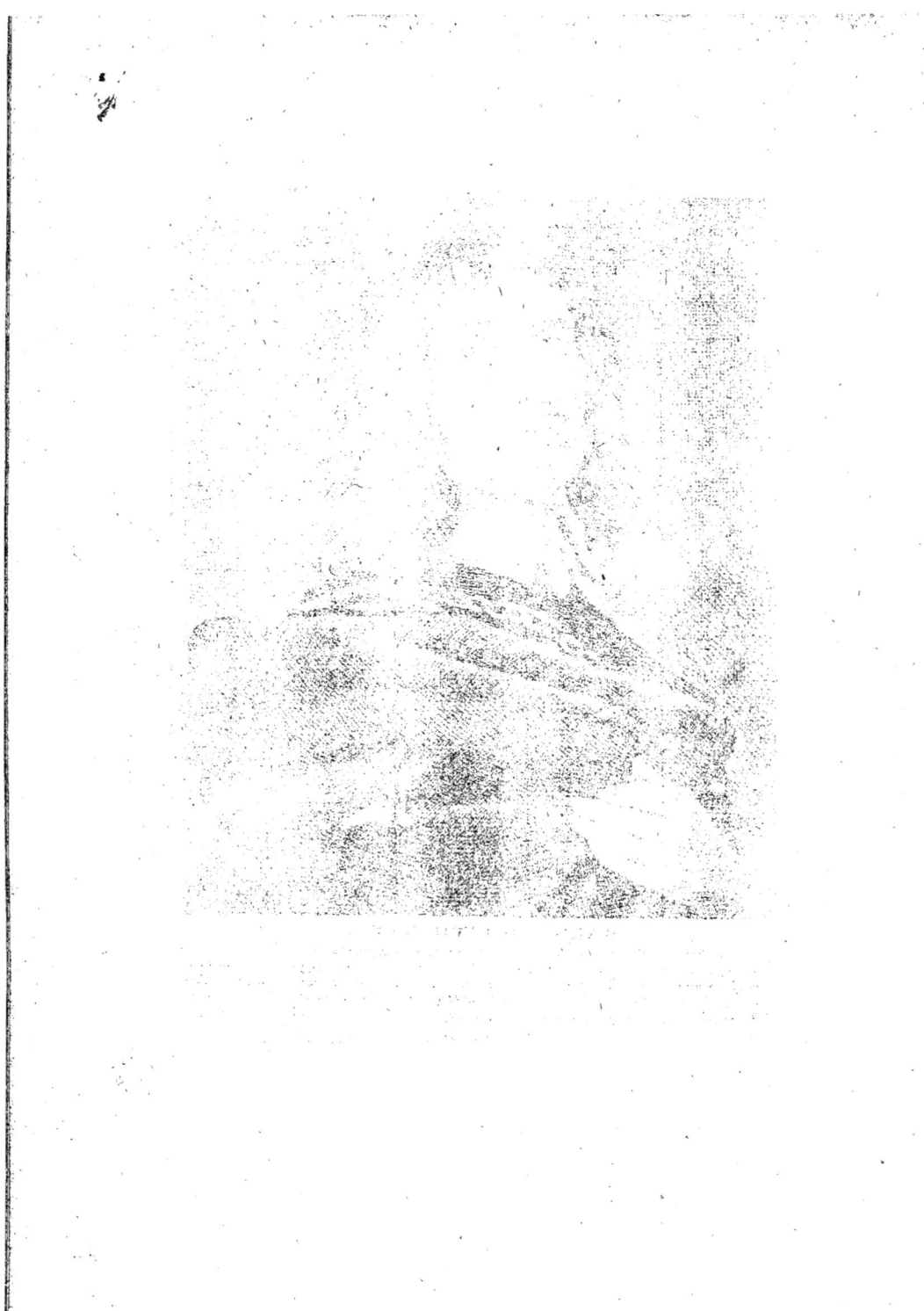

GERARD. HONTHORST

Est ne a Vtrecht l'an 1592. tres bon peinctre en ordonnances et pourtraicts, a esté long temps en
Italie y faisant pour plusieurs Cardinaulx des chofes exquifes, comme aussi il a faict en Angle
terre des œuvres tres belles pour le Roy, l'on voit encores en la cour du Roy de Denemarque
beaucoup de ses tableaux, il se tient a present a la Haye au service de son Altesse le Prince
d'Orange, son maistre estoit Abraham Blommaert.

Ger. Honthorst pinxit.　　　Pet. de Iode sculp.　　　Ie. Meyssens excudit.

HENRY BERCKMANS

Naquit en la Villette de Clunder située proche de Willemstat. Il fut disciple de Philippe Wouerman Peintre extraordinaire en Batailles en la ville de Harlem. Puis apres il fit son apprentissage en Postures ou Figures chez Thomas Willeborts et Iacques Iordaens en Anuers. Ses Pieces sont fort estimées, particulierement ses Pourtraits. Il tient sa residence a Middelbourg en Zelande.

H. Berckmans pinxit.   C. Waumans sculp.   I. Meyssens excudit.

CORNEILLE DANCKERTS DE RY

Fut ne a Amsterdam l'an 1561. mourut 1634. agé de 73. ans, a esté environ 40 ans maistre maçon et Architecte de ceste
tant renommée Ville, il vient en la place du feu son Pere du mesme nom, qui avoit en son vivant servi la Ville
dans ceste mesme charge, il a faict une grande nombre de grands et signales bastiments (parce que l'aggrandis-
sement de la Ville se fit en son temps,) il a basti la nouvelle porte de Haerlem, les trois novelles Eglises, la Bourse
de marchants, et innumerables ouvrages apartenants a l'ornement de ceste Ville, il trova par grande
experience l'invencion de bastir desponts de pierre sans restraindre le cours de l'eau sur des grandes Rivieres,
comme il en fit la preuve l'an 1632 par dessus la Riviere d'Amstel large de 200 pieds ayant 7 arcqs.

Pet. Danckers de Ry delin.   E et. de Iode sculpsit.   Io. Meyssens excudit.

FRANCOIS SNYDERS

Un tres excellent peintre, en chasses, poissons, et fruicts, il est ne, en l'an 1579, en Anvers
il a faict plusieurs magnificques ordonances des chasses, et autre admirables ordonances quel
les il a painct pour le Roy d'Espaigne, et aussi pour l'Archiducq Leopolde Wilhelme, et
plusieurs autres princes, son maistre fut Henri van Balen, et il a esté longtemp en Italie

Ant. van Dyck pinxit.   Jo. Meyssens exc.

ABRAHAM VAN DIEPENBEKE

Est né a Boisleducq, ayant cy devant exercé pour quelque temps l'art de peindre sur les vitres, en quoy il surpasse tous ceux de son temps, mais a present, s'est addonné a peindre toute sorte de peincture mesmes aux desseins tres curieusement, ayant eu pour maistre Pierre Paul Rubbens, tient sa residence a Anvers.

Abr. a diepenbek pinxit.   *Paul. Pontius sculpsit.*   *Ie. Meyssens excudit*

FRANCOIS WOUTERS

est né a Lyere l'an 1614. faict extremement bien les petites figures principalement nues, et
aussi des passages, il a esté disciple de Paul Rubens, et par son addres est faict peintre de l'
Empereur d'Allemaigne Ferdinand le 2.me seôtant als avec son Ambassadeur en Angleterre, ou
estant arrivé receut la novelle que sa Ma.té Imperi.le estoit mort l'an 1637, en apres fut peintre
et homme de Chambre du Prince de Galles: assant demeuré quelque temps a Londres sest retourné a
Anvers sy faisant valoir par son art. Fr. Wouters pinxit. Pet. de lode sculp. Io. Meyssens exc.

HERMAN SAFTLEVEN

Natif de Rotterdam en l'an 1609, un bon paintre en païsages.
au commencement il faisoit païsans, païsanes, et granges:
mais à present il a sa seule delectation en païsages sa residense
est en la ville d'Utrecht.

H. Saftleven pinx.   Coen Waumans sculpsit.   I. Meïssens excudit.

IEAN BOTH

Bon painctre en paijſages bien ordōnées, a la veue bien douces,
les devants fortſet bien coulerées garnies des figures, et ani‑
maux bien entendües. ſe tientmiantenant a Vtrecht ville de ſa naiſſance.

Abr. Willars pinxit.   C. Waumans ſculpſit.   I. Meyſſens excudit.

DAVID BALLII

At eu ſon origine a Leyden ou il tient encor ſa reſidence. il eſt un fort bon peintre en pourtraicts, et en vie coye: eſtant fort en la deſſeinne a la plume etc.

David Bally pinxit. Coenr. Waumans ſculp. Io. Meyſſens ex.

PIERRE VAN LINT.

Trauaille en grand et en petit aux pourtraitures, en Histoires tant spirituelles que profanes.
Il a serui de Peintre au Cardinal Geuasius, Doyen, et Euesque d'Ostie, par l'espace de sept ans,
comme aussy a d'aultres grands Seigneurs. Il peinct a l'huile et a la détrempe, selon qu'il a faict en
la Chapelle de Sainte Croix en l'Eglise de la Madona del Popolo a Rome. Il at aussy fait trois
tables d'autel a Ostie. Il sert a present de ses pieces le Roy de Dannemarc. Il naquit l'an 1609.
Commençea son stil l'an 1629. en Anuers, lieu de sa naissance, ou il reside a present.

P. van Lint pinx.   P. de Iode sculpsit.   Ioannes Meyssens

LEO VAN HEIL

faict bien en illuminature des fleurs et mouches et autres petites animaux
au naturel, s'entend fort bien en l'Architecture et batiments de maisons et
en perspectives, est né a Bruselles l'an 1603.

Le Bapt van Heil pinxit   Fred Bouts sculpsit   Ia. Meyssens excudit

LEONARD BRAMER

Natif de Delft, en l'an 1596. il a demeuré long temps en Italie dedans la Court du
Prince Mario Ferneso, ou il a faict beaucoup des ses œuvres en grand, et en petit.
il a faict aussi quelques pieces pour le Cardinal Sohalie. d'Italie il est revenu a
Delft, et il a faict quelques pieces a Ryssewyc pour son Altese le Prince d'Orange
Fredris Henri: et pour son Exce Conte Maurice de Nasou, et autres Princes.

Leon. Bramer pinxit   Ant. vander Dees sculpsit.   Io. Meyssens excud.

IEAN SADELER

Tres excellent engraveur, natif de Brusselles en Brabant l'an 1550. il at esté premierement
damasquineur en fer, mais aijant l'esprit plus, eleve, il sat addonné a la graveure, ou l'art luj a
tribue la plus grande douceur et subtilite du burin: la quelle il at acquise par soij
mesme par sa grande diligence, tesmoigne les pieces qu'il a faict pour Martin de Vos, et
plusieurs autres. l'an 1588. il est alle demeurer a Francfort, et de la a Munichen en
Baviere, ou le Duc luj a faict present d'une chesne d'or avec une madaille, et en l'an 1595.
il est alle prendre sa demeure a Venise ou il mourut de la chaude fiebre l'an 1600. Io. Meussens [...]

HENRICVS HONDIVS

Engraueur, et tres bon Deseÿnateur Natif de Duffel en Brabant l'an 1573. de Noble
Origine il at apris a deseÿnier chez Ioannes Wierx, il exerceoit auß en Orpherie,
mais il fut tout iour plus incliné à la grauure, il at auß apris la Mathematique, la Geo-
metrie, Perspectiue, Architecture, et Fortification. chez le Vieux Iean Vredeman Vrise, et
aupres Samuel Marelois homme sans pareil, ou il a tout bien experimentez monstrant
per des autes, q'on voit qe luy en estampes, maintenant il demeure en la Haÿe.
    Henricus Hondius delineauit. Fredricus Boukats fecit. Ioan. Meÿssens excud.

IOANNES PEETERS

*Tres-bon Peintre de Mers, calmes et tempestes batailles
sur mer, Galeres, Villes, et Chateaux etc.
fort rares, et bien estimées par tous pays, principalement
des amateurs et grands Segnieurs, demeurant en Anuers
Ville de sa naisance, né l'an 1624.* Luc. Vorstermans iunior delineauit et sculp.

50

PIERRE FRANCHOYS,

Il estoit fort bon peintre natif de Malines, et mourut le 11. d'Aoust l'an 1654.

Lucas Franchoys pinxit   C. Waumans sculp.

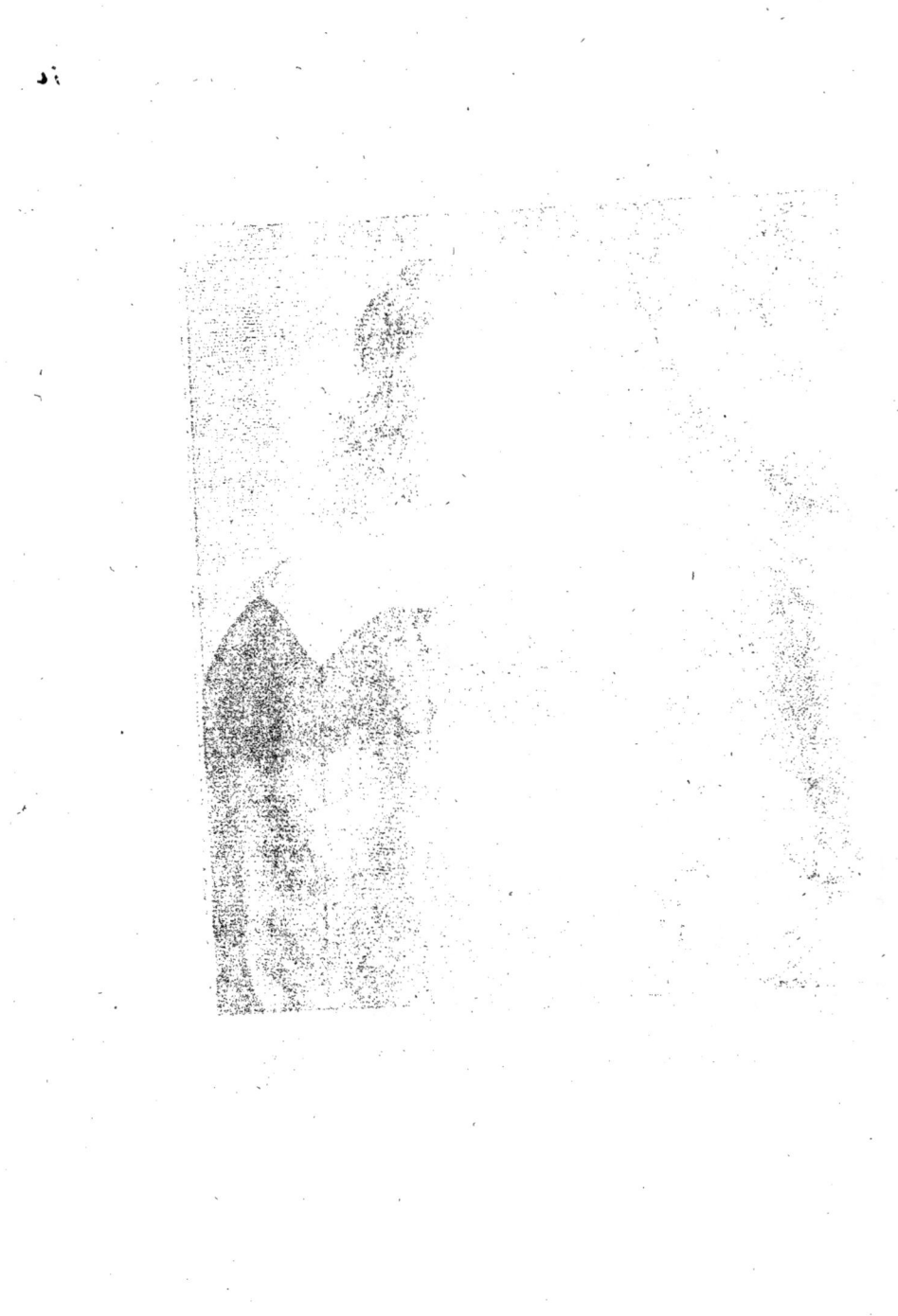

BALTHASAR GERBIER

Il a faict merveille en illuminature, et a demeuré long temps en Italie, il fut paintre du Duc de
Bocquingam et apres du Roy d'Angleterre le quel lui faisoit Chevalier, per sa vertu, et apres son
Agent a Brusselles, en l'an 1630 et a Londres maistre de la cermonie. il est natif d'Anvers
l'an 1592.

Ant. van Dyck pinxit.   Joan. Meissens excudit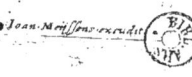

GASPAR DE CRAYER.

Natif d'Anuers en l'an 1585. a'esté disciple de Raphael Coxcij demeurant a
Bruselles, et at tellement surpassé son Maistre en l'art de Paincture, q'uil
s'est rendu vn des milieurs maistres de nostre ciecle, dont ces chefs d'œures
q'uon poict per tout en sont les tesmoins, principalement a Bruselles, ville
de sa demeure, il a esté paintre de son Althest le Prince Cardinal Ferdinan,
dus, a faict son Portraict, et aussj de beaucoup d'autre Princes, il est encor
florisent en son estude faisent des belles œures.

Antonius van Dijck pinxit.   Iacobus Neefs sculp.   Ioan. Meyssens excudit.

IEAN BAPTISTE VAN DEYNVM,

Eſt né d'Anuers, en l'an 1620. fait extremement bien des petites pourtraits,
paiſages et autres figures en miniature, et Capitain d'vne Compagnie
des bourgeois dans la ville d'Anvers, en l'an 1651.

I. B. van Deynum pinxit.

Coenr. Waumans ſculp.

54

54

ERASMUS QUELLINIUS

Né d'Anvers l'an 1607, le 19 novembre, il at été disciple de Monsr. P.P. Rubens,
estant premierement devenu maistre dedans la Philosophie, il et aussi dans
la Peinture devenu un maistre excellent, si bien en grand que en petit; et il
se entend fort bien a la perspective, et il est un grand desseignateur
et Architecte.

Er. Quellinius delin.   Petr. de Iode sculp.   Io. Meyssens excud.

CAROLVS VAN SAVOYEN,

Paintre extraordinaire en petites figures princepalement en nues grandement estimez Nasquit dans la Ville d'Anvers demeurant en Hollande.

C. van Savoyen fecit aqua forti

56

DAVID RYCKAERT

Prit sa naissance en Anüers l'an 1613 il at apris chez son pere dauid Ryckaert est grand
maistre en petites figures, principalement en escuries et semblable edifices certes illustre auy
ordonances rustiques, ainsi que son Altesse Impreriale L'Archiduc Leopold, Le trouue ses pieces dignes
de son cabinet comme ausi autres Princes mais il est sur toüts autres excellent en peinture de la
lumiere de chandelle.

David Ryckaert pinxit.   Frederick Bouttats sculpsit.   I. Meyssens excud.

ABRAHAM BLOMAERT

Un tres vaillant paintre, inventif en grandes, et petites figures, paisages, et animaulx, aussi un bon desseigneur: natif de Gorckom, en l'an 1564.

I. Meissens excud.

Her. Blomaert delin.   Hen. snyers sculpsit.

ROELANT SAVERY

A été un peintre extraordinaire des animaux, et autres oyseaux; et les
paisages les quelles il faict sont bien estimées de les amateurs de la painture
il est natif de Flandres il a esté peintre du l'Empereur Rudolphe second.

T. Ant: Willaerts delin.   Ic. Meyssens fecit et excudit

IEAN BYLERT

Peintre fort adroict en son art, il faict bien ses ordenances. ses figures sont mediocrement grandes, et extremement douces. il est fils d'un viturier, natif de la ville d'Utreht.

Io. Bylert pinxit.   Petr. Balleu sculp.   Io. Meyssens excudit.

OCTAVIO VAN VEEN

Eſtoit en ſon temps, un de plus floriſantes maiſtres de toute la paÿs bas, comm' on peult cogneiſtre
ſier un tableau dans l'egliſe de Noſtre Dame en Anvers, ſur l'aute de la chappelle de S.t Sacrament, iſtant
la derniere cene de noſtre Seigneur, avecq ſes apoſtres. il a eſté peintre du prince de Parma, et de
l'Archiduc Albert, et autres princes. il fut né a Leÿden, en l'an 1558. et mourut a Bruſſelles l'an 1629.
le 5.de maÿ.

Gert. van Veen pinxit.   Ægid Rucæl ſculpſit.   Ioan Meÿſſens excudit.

GUILLAUME DE NIEULANT

Natif d'Anvers l'an 1584, peintre renomé partout, il faisoit les ruines de Rome parfaitement
bien, et adornées de petites figures, et paysages, il illuminoit, et faisoit de merveille en eau fort.
il fut entre les meilleurs poëtes de son temps ayant appris son art chez Iacq Saveri a Amstelredam,
l'an 1599, et il est allé a Rome, ou il demeuroit 3 ans auprès Paul Bril, et retonant de Rome, l'an 1607.
il entre dedans la confrerie de peintres en Anvers, et ayant demeuré long temp en la dicte ville,
il retournoit a Amstelredam, ou il mourut, l'an 1635. Iean Meyssens fecit et excudit.

IOANNES COSSIERS.

Peinctre, naturel d'Anuers, est neé l'an 1603. Il a eu au commencement de son art,
pour maistre Cornil, de Vos. Il est devenue fort excellent. Ce que tesmoignent assez, ses
peinctures quil a fait en plusieurs Eglise tant pour le Roy d'Espaigne, que pour le Prince
Cardinal et pour l'Archiducq Leopolde Guiliame et plusieurs aultres Princes et Seigneurs.

Ioannes Cossiers pinxit   Petrus de Iode sculpsit   Ioannes Meyssens

IEAN BAPTISTE VAN HEIL

bon peinctre, inventif en ordonances de devotion, poësie et d'autres, faict bien un pourtraict,
ce qu'on poult veoir a Brusselles dont il est ne l'an 1609, et frere de Daniel et Leo.
van Heil, touts trois encor en vie.

Ie Bapt. van Heil pinxit.   fred. Bottats sculpsit.   Ie. Meyssens excit.

NICOLAS KNVPFER.

Peintre artificieux en figures. Il fit son apprentißaige a Lipsic, chez Emmanuel
Nysen, l'an 1603. et du depuis a Magdembourg. Il vint l'an 1630. tenir sa residence en
Vtrecht, chez Abraham Blommart, ou il at mis au iour quantité de pieces admirables tant
pour le Roy de Dannemarc, comme pour aultres grands Princes et personnes curieuses.

Nicolas Knupfer pinxit.   P. de Iode sculpsit.   Ioannes Meyssens excudit.

HENRI DE KEYSER

Architecte de la ville d'Amstelredam, il etoit un de meilleurs sculpteurs d'Hollande, qu'on
peult voire per le tombeau du prince d'Oraigne, qu'il a faict a Delft, et le maison de la
ville. le iour de sa naissance fut en l'an 1565. le 15 de may, dans la ville d.' Verecht; et il
mourut a Amstelredam l'an 1621. le 15 de may.

I. Meyssens fecit excudit.

CORNELIO POULENBOURGH

Natif d' Vtrecht, peintre tres perfaict, et admirable, en petites figures, et animaux : et les enfans
nuds il les faict fort naturelles, ses ruines, paysages, et elongements font fort beaux. il a
demeuré long temps en Italie, et en l'an 1637. il fut demandé per le Roy d'Angleterre
a Londres, ou il a faict pour le Roy, quelques tableaux, et la s'sest retiré a Vtrecht.

Cor. Poulenbourgh delin.   Caen Wormers sculp.   Io. Menssens ex.

IACOP BACKER

Est un excellent peintre en grand, fort inventif, et bon coulereur qui s'entend tres
bien pour faire un bon nud; et il est fort adroict pour faire un portraict, il est natif
de la ville de Haerlinge, en l'an 1608 et il se tient à Amstelredam.

Iac. Backer delin.   Pet. Balliu sculp.   Io. Meyssens excud.

IAECQUES IORDAENS

Excellent peinctre en grand, faict connoistre son esprit relevé par sa belle maniere de peindre,
est inventif en toute sorce d'ordonance essisit en poësie histoires, en dévotion et d'autres, il a faict
les belles choses racourtantes pour le Roy de Suede, et plusieurs autres princes et seigneurs;
est né a Anvers l'an 1694. le 19. de May, a faict son apprentissage chez son beaupere Adam van
Dort, tenant sa demeure en la ville de sa naissance.

Ia. Iordaens pinxit.   Pet. de Iode sculpsit.   Ie. Meyssens excudit

IACQVES D'ARTHOIS,

Nasquit en Bruxelles l'an 1613. ou il tien sa residence, ses paÿsages en grande et petite forme sont tenuz entre les plus plaisans de Flandres.

Joan. Meyssens pinxit et excud.

Petr. de Iode sculpsit.

PETRUS DE IODE

A esté tres bon engraveur, et deſſeigneur tres illuſtre: il a faict pluſieurs
cheſs des œuvresil a long temps demeure à Rome, et en l'an 1601. retournoit
en Anvers, ville de ſa naiſſance. aijant eu pour maiſtre Henri Goltz. il
mourut l'an 1634. le 9 d'aouſt.

M. ferdinand pinxit.   P. de Iode Iunior ſculpſit.   Io. Meyſſens excudit.

NICOLAUS
BRUYANT
ASTROLOGUS ET MATHEMATICVS
ATREBATENSIS
NATVS M·D·LXXII· X· APRILIS·
DENATVS M·DC·XXXVIII· XII·IVL·

Ant. van Dyck pinxit.   R. Pontius sculpsit.   Io. Meyssens excudit.

CORNHÆ CORT

Engraveur admirable natif de Horne en Hollande en l'an 1536. il a demeuré long
temps en Italie faisant beaucoup de ses œuvres pour Raphaël d'Urbin Titian et plusieurs
autres il mourut à Rome en l'an 1578.

Franc. vander Stem sculpsit.   I. Meijssens excudit.

PAULUS DU PONT

*Graveur admirable en taille douce, natif d'Anvers l'an 1603. il a faict
son aprentissage chez Lucas Vostermans, et at demeuré aupres Monsr.
Rubens, où il a faict quantité de chefs d'œuvres: aussi pour Monsr. van
Dyck. comme on voit par ses œuvres.*

I. Livens pinxit.   I. Meussens exc.   P. de Iode sculp.

R C I A H D R C L O I N

Il est née la presente anne 1627. il s'ast
adoné au pratiqué de la Geog.° Cosmog.°
et Math.° et apres ces taille douce lequel
a compris en peux de temps ast parue Excel-
len au Cartte Geo.° come l'on voy par ces Oeuures
lesquelles a gra   ueé en Errain

THEODOR CÖRENHERT

A. eté un tresexcellent graveur:il a mis en lumiere plusieurs œuvres de
Martin Hemskercq, et plusieurs aultres. il etoit fort bon poëte, natif d'Amstelredam l'an 1522. et mourut à Dergoude, en l'an 1590.

Fr. vand. Steen sculpsit. Hen Goltzius delin.   I. Meyssens excudit.

PETRUS DE IODE

Le ieusne, natif d'Anvers en l'an 1606, le 22.me de novembre; il at apris
chez son pere, et il est devenu un graveur fort delicat. il at esté avec son
pere quelque temps à Paris, pour engraver quelques pieces pour Mons.r Bon
enfant, et S.r L'Imago. on trouve plusieurs de ses estampes en lumiere. il se tient en Anvers.

The. Willeberts pinxit.   Petr. de Iode sculpsit.   Io. Meyssens excudit.

IEAN GUILLAUME BAUUR

Natif de Strasbourg, il faisoit merveille en la miniature, il a demeuré a Rome chez le duc de Brassignano, l'an 1637, il estoit a Venise, et de la il est venu vers l'Empereur d'Almaigne Ferdinand, à Viene; estant son peintre, mourut l'an 1640.

Io. Guillelmus Bauur pinxit.   I. Meyssens fecit et excudit.

ADRIAN VAN NIEULANT

Tref bon peintre en petites figures, et paiffages, il a faict beaucoup des hiftoires
du vieulx teftament, il eft natif d'Anvers fon commencement a efté a Amftredam,
chez Piere Ifarx, et apres François Badens, 1607, et maintenant fe tient a Amftelredam, agé
de ... ans. .... Petr. Janffens pinxit. C. Waumans fculpfit. I. Meyffens excudit.

164

GUIDO RHENUS

Excelloit en grandes ordonances, d'un esprit abondant; ses inventions sont assez
cognues par les estampes, qu'on voit de sa main faictes, en eau forte; le iour de sa
natuité a été a Boloigne 1574; et mourut en l'an 1642.

Guid. Rhenus pinxit.   I. Meyssens fecit et excudit.

FRANCISCO PADOANINO

Natif de Padoa, paintre admirable de grandes figures, il est superflux aux inven=
tions, bon portraicteur, ce qu'il a t monstré per les portraicts du Conte d'Arondel,
et de sa femme, il se tient ordinairement à Rome, et maintenant il tient sa
meuré a Padoa.

F. Padoanino delin.   I. Meyssens fecit et excud

PIERRE DANCKERSE DE RY.

Natiss à Amsterdam l'an 1605. Peintre en pourtraict de Sa Maj.té Vladislaus IV. du nom Roy de Pologne, et Swede, etc.

Petr. Danckerse de Ry pinxit.   Ioan Meyssens excud

ADRIAN VAN UTRECHT

Ne en Anvers, l'an 1599 le 12.e de Ianvier, il est un paintre fort venōmé pertout. son
exercice est en fruicts, animaux le martes, et vifs, admirablement, princepalement les
peulees, cocard'Indes, et autres oiseaux. on voit de ses œuvres aupres l'Empereur, le Roy de
Espaigne, et plusieurs autres grandes princes, et au pais d'Hollande. il at eté en France, Provence,
Italie, et en Almaigne, et il se teint en la Ville d'Anvers. Ioan Meyssens pinxit et excudit.   Corne. Woumans sculp.

CORNELIUS IANSSENS

Paintre tres excellent en grandes, et petites ondonances, mais une lustre de portraicts
avecq un admirable entendement, la ville d'Amstelredam at le bonheur de iouir de sa
persone. il a demeure long temps en Angleterre, ou il a faict plusieurs belles et admirables
pieces, pour le Roij et plusieurs autres grandes seigneurs.

Corn. Ianssens pinxit.   *Coenr. Waumans sculp.*   *Io. Meyssens exc.*

251

ADAM WILLAERTS

Gentil peintre de mers, bateaus, et de petites figures, sur le rivage, ports, et dans les petites barcques. il est né en Anvers en l'an 1577. et il a pris sa demeure dans la ville d'Utrecht.

Ad Willaerts delin.   fr. vande Veen sculpsit.   I. Meyssens excudit

85

93

TOBIE VERHAECHT.

*Peintre en peiſages fort renomme par ſes rare tableau a ſt eſte primiez
maiſtre du fameux P. Paul Rubbens eſt ne a Anuers l'an 1566 et mourut 1631.*

C. van Caukercken ſc.   Octauie venus pinxit I. Meyſſens excudit

ADAM VAN OORT

*Fut un paintre renommé, en magnificques ordonances, ce qu'on peut voir per diverses
œuvres qu'on trouve entre les mains des amateurs, il at eu son pere pour son
maistre, nommé Lambert van oort, il est né en Anvers l'an 1557 et il y mourut l'an 1641.*

Iacobus Iordaens pinxit.   Herd Snijers sculp.   Io. Meyssens exc.

IEAN VAN BRONCHORST

Natif de la ville de Vtrecht en l'an 1602 aiant apriz chez paintres en verre, mais
des petites maistres, sans quelque bone instruction, per sa grande diligence est devenu un
tres bon paintre, en figures, il est bon designeur, comme on peut voire par ces œuvres.

Io: van Bronchorst delin.   P.   Culp.   Io. Meyssens excudit

www.ingramcontent.com/pod-product-compliance
Lightning Source LLC
Chambersburg PA
CBHW061328050726
47504CB00013B/1384